高橋馨詩集

それゆく日々よ

Poems By Kaoru Takahashi

洪水企画

詩集　それゆく日々よ

「これまで書かれたことがないものを読む」この読む行為こそ最も古いものである。それは、あらゆる言語に先立つ読みの行為であり、内臓から、星から、あるいは舞踏から読むという行為である。

（ヴァルター・ベンヤミン「模倣の能力について」山口裕之訳より）

招かざる客

受話器を取る

もしもし、もしもし
どなたですか
もしもし、どなたですか
どなたか、聞き取れないのですが
もう少し大きな声で言って下さい
耳が遠いのです
もしもし、もしもし
人違いですか
もしもし、もしもし
電話を切らないで下さい
お願いです

電話を切らないで下さい

もしもし、もしもし
どなたですか
電話の掛け違い
そんなことないでしょう
聞いたことありますよ
その声は
どなた様ですか
もしもし、もしもし
いたずら電話
そんなことないでしょう
もしもし、もしもし
電話を切らないで下さい。

ケルベロス

懇意の絵描きが
犬を飼い始めた。
娘夫婦が引っ越しで
飼っていた子犬を
押しつけられたとか
針金細工みたいな黒犬
初対面から
黒目を光らせ
鋭い白い歯をむき出し
鼻の穴を広げて
猛烈に吠える
細い鎖がちぎれんばかりに
躍りかかる

黒い渦
絵描きは
にこやかに笑いながら
白っぽいスティックを
差し出した
殴れというのかと思ったら
その骨のようなもので
手なずけろというのだ
犬は上目遣いに私を見ながら
骨に嚙みつき
奪い取ろうと
後ずさりする
やおら絵描きは立ち上がり
部屋の隅に犬を繋いだ
飼い主は一向に気にとめない
吠え立てる犬に
腰が落ち着かず

日頃の談議もそこそこ
退散した。
幼い頃から犬は苦手で
遠くに犬を見つけると
何度回り道をしたか
ヤクザと犬は大嫌いだ
大体、犬は浅ましい
必ず強い者の側につき
餌を与える人間に媚びる
犬種はミニチュアピンシャーとか
やたら匂いと足音に敏感で
絵描きのアトリエに
近づくと　遠くの先から察知
うなり声を上げて威嚇する
飼い主がいなければ
鎖に繋がれているのを幸い
杖で叩いてやるのだが

今では散歩コースを変えて
すっかり疎遠になった。

今年も年賀状が届き
遊びに来てくれとあった
久しぶりに電話すると
声を聞きつけたのか
吠えまくる
小さな黒い渦
招かざる客は
どうやら　私のことらしい。

逸れゆく日々

葛飾八幡の裏参道を出る
かつては屋敷町
閑散としている　昼間
黄色いミモザが満開で
　洋風な塀から垂れ下がっている
手を伸ばすと
　梢のわずかな鈴なりを手にした
ガラス瓶に挿して
　パソコンの脇に飾る
たしか　母の命日である

＊

　ポストに届いていた
手のひらにぴったり　治まる用具
たとえば、電動歯ブラシ
　あるいは、イチジク浣腸
　　さもなければ、携帯シェーバー
まさか、鼻毛トリマー
　そのまさかである。
先がノズルのように細くなっていて
　鼻の穴に突っ込む
ガソリンスタンドの給油の按配
ノコギリの細かい刃になっている
ノズルの部分
芝刈りのように鼻毛を根こそぎにする
　それにしても
手のひらにぴったりとフィットする
　しっかりとした重さ
　こうした実用的で
手になじむ　手練が欲しい

＊

突然、ドアが開いて
見慣れた女が入ってくる
机上のスマホを取り上げ
万歩計を確認
一日八千五百歩が私のノルマである
早速、新品の
フィリップス鼻毛トリマーを目に付け
「また、アマゾンの無駄遣い
いいご身分ね」
彼女の嫌味が実用的なノルマである
貯まったビールの空き缶を持って
部屋を出て行った。

＊

さっきから　カラスが鳴いている
ネットの端を嘴でくわえて
生ゴミを漁るそれを
コンクリートブロックを置いてブロック
回収車の跡
道の邪魔にならないように
ブロックを片付けるのが　私の役目。

＊

鼻毛トリマーよりも
　黒光りする拳銃が欲しい
的ではなく弾道の
　ずっしりとした手ざわり
てっとり早く
米噛みを撃ち抜くために

＊

それゆく日々よ！

貯水池

包装紙をほぐすと
ジグソーパズル
説明はない
あっても東欧の横文字なので
ないのと同じだ。
ジグソーには
解答のような絵があるのに
キャンバスを囲む
シンプルな飾り模様の木枠だけ
添えられた娘の手紙には
この国ではこんなパズルがブームとか
年寄りの頭の体操によいかもと。

*

パーツがやたらに多くて
最初の一片はどれか
へんてこな形ばかり
同じ物が一つも見あたらない
空白のどこへ置けば良いのか
色も形もつながりがない
ヒットする箇所がない
氷の張った真っ白けの貯水池
投げ出したパーツがだらしなく
ゴミ芥のように浮いている
もうお手上げである。

*

何度も覗いているうちに
気づく　不思議なのはパーツではない
貯水池の曖昧な鏡に
何かの影
うっすらと映っているもの

見渡しても狭い書斎に本ばかり
気配は少しも動かない
影の位置にパーツの一つを置く
と　なぜか、消える
消えなければ　置き場所を間違えたのだ
影は何も表さない
ランダムな不定形が形を変えるだけ
とりとめがない
もう金輪際、あきらめて投げ出した

＊

つい　うたた寝
微かな物音に気づく
シャカシャカ　シャカシャカ
物がふれあう　心地よい音
に酔いしれる
音が激しくなる
きゅぃーん

妙な音がして静まった

＊

一瞬　垣間見た
亡き父にそっくりの自画像？
目にしたのは
意味もなく散らばった
パーツばかり
あの　張り詰めた響き
耳にこびりついて離れない
接岸の音
きゅぃーん

路傍の石

石をひろう
舗装された通路に落ちていた
通り過ぎたのに
ひき返して手にした
戻り石
何の変哲もないもの
雨に濡れて黒っぽく汚れていた
みすぼらしい子猫をひろうように
そのまま投げ捨てるに
都合の良い大きさ
それなりの重みの感触
握れば
投げる凶器に手ごろ

叩く武器にもなる
手袋の手のひらに載せて
眺める
丸みがあるわけでない
瓦礫でもない
ただの岩石のかけら
叩けば痛かろう
角があるから
殴れば血が吹き出るだろう
強く打てば
頭蓋骨が割れて死ぬかも知れない
鋭い角
いくら眺めても
風合いらしいものはない
強いて探れば
一か所
ラピスのように青く光るところがある

それに惹かれて
戻り石
庭の蛇口で泥を洗い流す
めがね拭きのクロスに置いて
眺める
黒光りのする岩石
それだけの存在感はある
なにに役立つのか
美的風合いに欠けると書いた
凶器の誘惑も遠のいた
ラピスの青も見あたらない
書斎の窓を開けて
錘のように投げ捨てれば良いのか
手に取ると
でこぼこで何のとりえもない
そこが良いのか

*

翌朝
忘れていた　そいつが
机の上にあった
差し込む日ざしをまぶしげに
これは同じ物か
粉を噴いて白骨のように
居直っている
手にとって投げ捨てれば良いのに
いつまでも眺めている
名づけようのない
戻り石

天声人語

春一番にあおられ
新型コロナ対策の
マスク吹き飛び
早々に帰宅
バリアフリーにすがり
二階の穴蔵へ　退散

だれか
パソコンの前で
モニターを見つめていて
ふり向きもしない
どけっ！
一喝してもいいのだが

耳にＵＳＢ端子をおし込む
画面は暗転
抜くと　もとの画面

春一番にあぶられ
マスク吹き鳶
早朝の器官
こいつ　狂っている？
むりやり
穴蔵から追い払う

階段を踏み外し
画面は一転
全身が痺れて起き上がれない

駆けつけた女

「手摺につかまなくちゃ駄目
なんど言ったら分るの
人の命を縮めてばかり」
「バカ！
人の命なんか知るか」

いいかげんにしてくれ
穴蔵の戸を
こっそり閉める

痺れでマウスが使えない
しかたなく
自動読書機械と化す
いつの間にか　脇の椅子に
茫漠とした気配
横でへらへら笑っている

「お前の回路は
瞬間にしか存在しない
前も後ろも空白だよ
山と積まれた読書の山は
ゴミの山
線引きした本なんて
古本屋だって引き取らない」

くそ！
春一番を当てにして
日課の散歩に出る
「パパ邪魔のママどこ行くの！」
ベランダの高みから
招かざる天の声

いまだ点火せず

人っ子一人いない
静まりかえった　早朝
紙袋からガス缶を取り出し
錐を当て　金槌で敲こうとして
躊躇した
火の気はないが
万一、爆発したらどうなる
公園の真ん中

たまたま
防災用具に
ポータブルのコンロ
ガス缶三個のセットを見つけた

ガスや電力がストップした場合
煮炊きするためであろう
ライターの火種があっても
焚くものに困る
室内で焚火は出来ない

試しに
コンロを使うことにした。
肉とシラタキと白菜を用意
マニュアルの細字をルーペで読み
とにかく　ガス缶をセット
何度も回しても
空回り　点火しない
プラスチックのスイッチ
製造元に電話したが　繋がらない

防災リックを買ったのは

十年も前
マニュアルの宛先がなくなっても
不思議はない
修理の見込みのない
金属コンロ
燃えないゴミに区分して
処分した

困ったのは
三個の未使用ガス缶
錐で穴を空けて
ガスを抜くのが常識
一昨年　ガス缶に引火して
家屋が吹き飛んだ事件があった
危険きわまりない
公園の植え込みに赤い首輪の
　白猫一匹

ネットで
見つけ出した
市役所のホームページ
電話したら
市役所の支所まで
持参すれば
処分してくれると
渡りに舟

ＪＲで一駅
江戸川土手下のプレハブ仮庁舎
パズルのような迷路を弾かれ
辿り着いた清掃事業課
　ストレートな黒髪
小柄な職員のソフトな応対
ひとごとながら

受け取ったガス缶はどうするのか
翌朝の新聞を広げても
プレハブ庁舎の
爆発のニュースはない
点火しなかったカセット・ガス缶

それって
詩になるのか
点火しなかったガス缶
不幸な女三宮の物語のように美しい！

それがし

見かけなくなった
近隣の某氏
道で会えば立ち話をする
くらいの仲。
噂では
奥さんの介護で一緒に
老人ホームに入ったとか
挨拶に来る
くらいの余裕も
なかったたか
水臭いと思う。

辞書で引けば
水分が多くてまずい
とある
どうやら
酒のことらしい
そういえば
酒を酌み交わした
ことはない

ふたたび辞書を引く
水で
酌み交わす別れの杯
とある
その都度交わす
水杯
水に酔っての
立ち話

見ても　見ず
話しても　話さず
考えても　考えず
聞いても　聞かず
思っても　思わず
水の上を
死んだふりして
上滑りする言葉で
生きている

「ても」と「ず」のあいだで
つねに　逸れて行くもの
　それが　それが詩
なぜか
惚けの症状に
似ていないか？

カーテンで部屋から閉ざされた出窓
　置き去りの
　ぬいぐるみの熊の
　虚ろなガラス玉の
　さびしげな合図
もちろん、生きているわけではない。

招かざる客　通り過ぎる――

道ばたで

置いたのではない
据えたのではない
撮ったのではない

オレンジでもない
夏みかんでもない
蜜柑でもない

真っ昼間
空の月が
闇に輝く穴でもなく

球形に変身して

ただ遭ったのである
影まで添えて

滅びの頭蓋のなかで

肖像画

ぼくを撮ろうとしているのか
　ぼくに撮られようとしているのか
それとも
まぶしい日差しに戸惑い
帽子のひさしに手をかざしただけ
アスファルトの路は、影を照り焼きにして
　平らに歪んだ口で呑み込もうとする

いや、そんなはずはあるまい
ぼくはもう影を撮ってしまった
　ぼくはもう影に撮られてしまった
左手に橋の欄干のような影が入り

造成のための側溝が右手斜めに走っている
　荒れ地には微かに雑草らしき緑も見える

それにしても暑い
発する熱線の放射能で永遠に焼き付けられた
ぼくの生という乾板
それでも、帽子をかぶり　裾広のダスターコート
まるで二十年も昔のぼくの通勤姿
白茶けた川の流れのような路にたたずみ
ひとり　音もなく言葉のシャッターを切る
　滲むように消えていく　死の泥舟
ただただ　映っている瓦礫の粒粒

袋の中で

あったことはあったのであろうか
　あったことはあったのであろうか

　　灰色の霧の中
　さみしさの切っ先にえぐられ
　悲しみの炎にゆらぎ
　ただ一点に灯る

そそり立つ　深夜の古城　シャトー・ディフ
　断崖絶壁から
　　錘をつけて　投げ捨てられ
　　　荒海に沈んだ　袋の中

若いエドモン・ダンテスなのか
それとも年老いたファリア神父か
いまだ　袋の中の私

あったことはあったのであろうか
あったことはあったのであろうか

修復ソフト

「ご使用のパソコンのシステムは破損されました」
こんなメッセージが、男のパソコンに入る。
画面がフリーズしてしまい、居すわるのはメッセージばかり。
電源を落として再起動するしか手がない。
一回ではなく、頻繁に、発信され、そのたびにフリーズする。
魂胆は、修復ソフトを売りつけることらしい。

真夜中、目を覚ます。ラジオの声のような雑音が、男の耳に入る。
黄色いスポンジの耳栓で塞いでも、微かな音なのだが、入ってくる。
神経が、ささやく音を聴覚の隅から探り当てて、意識の鼻先へ突きつける。
眠剤を飲んでも眠気の薄い膜をくぐり抜けて聞こえてくる、聞き取れない話し声。
二階のトイレの窓から裏を覗くと、どの家も寝静まり、一様に闇に沈んでいる。
人の聴覚は、方角を察知する能力に欠けている。

一晩限りと、我慢していたら、真夜中の騒音が繰り返される。

真裏の六十坪ほどの敷地には、市道に面して、九十歳の老人が一人暮らし。

耳が遠いのを知っている。

若い頃は、それぞれに家族が賑わい、付き合いらしきこともした。

今では、手入れがされなくなった広い庭をへだてて、顔を合わせることもなくなった。

老人と十歳年下の男が枯れ木のようにそれぞれに孤立して生息している。

ぐるりと回って市道に面した老人の家へ出かけて、ドアホーンを押した。

聞こえるかしらと危ぶみながら。

あきらめかけたとき、ドアが開いて、両耳にイヤホーンをした老人が顔を出した。

男が大声でわめくのに、手を後ろにかざした耳には、聞き取れないようだ。

以来、頻繁に聞こえていたラジオの音らしき騒音はとりあえず止んでいる。


ウィンドウズ7のサポート終了が告げられ、新しいシステムが導入されている。

パソコンの買い換えを男はやっと決心した。

ショッピングセンターの量販店の入り口で、美しくウェーブする褐色の髪のローラに似た販売員を見て、縦書き入力にこだわる男も、理屈抜きで、納得した。

彼女に、一ヶ月も前に、ウィンドウズ10のデスクトップを薦められていた。

超絶演戯

真新しい、ぴかぴかのシルクハットと燕尾服
バックミュージックはオッフェンバックの軽快なオペレッタ「天国と地獄」序曲
登場したNを見て、まず驚いた。
きまじめなNに、合っているような、合っていないような。強烈なオレンジ色のフットライトに照らされて、シルクハットから、鳩を出したかと思えば、楽曲に乗せて、流れるような手さばきで、自在にトランプをあやつり、啞然とさせられた。
満員の小ホールだから、観客は、三百人は超えていただろう。
銀行退職後、連れ合いを亡くしてひとり暮らし。マジック教室に通っているとは、本人から聞いていた、これほど本式とは思わなかった。
これからが本番とばかりに、クライマックスで曲がぱたりと止まり、静まりかえった観客、あらためて、右に左に正面に軽く頭を下げ
胸に当てたシルクハットをかぶり直した。
左の握りこぶしで壺を作る、その中へ右の親指を突っ込んで、もぞもぞ

それはありふれた、誰でもが知っているような手品、次から次へと、色とりどりの絹のハンカチを取り出して、放り投げて、床を埋め尽くし、最後に大きな赤いハンカチを観客に投げて見せて、喝采を浴びるスピードと熟練の大技である、なのに――。

突っ込んだ右指をもぞもぞ動かしているばかりで、ハンカチが一枚も出てこない。

〈落ち着け！〉見ているとじれったくなるほど、もたもた

あわてた様子で、首をかしげ、目つきは真剣そのもの、あせりと怒りが交互に現れて、顔面をしかめさせる。

まるで、左手で右の親指を締め付けているとしか思えない。

白色のライトにあぶり出された青ざめた頬から首にかけて、汗のようなものを浮かべている。

観客の片隅から、ざわめき、冷やかすような失笑が漏れる。

五分も経ったであろうか

Nは、左手のこぶしをほどき、解放された右親指をいとおしげにしげしげと見つめ

その手で燕尾服の胸から、真新しい純白のハンカチを引き出し

放心の体で汗まみれの顔から首を何度も何度もしつこくぬぐった。

人ごとならぬ気恥ずかしさ　会場を後にした耳に、万雷の拍手と歓声が聞こえていた。

あれはきまじめな手品師の最高の演出であったのか、どうか、電話もメールも通じないので、

今もってわからない。
八十の私、Nも同期のおない年
手元のペンと原稿用紙、インク壺から、天国にしろ、地獄にせよ、結局、何も生まれなかったと
それがNの慰めになるものかどうか——。
ストーリーもトリックも、ネタバレなど意に介さないはずが、人生なのだ。

木の骨

コトバはすべてこじつけに過ぎない
と思うことがある
根こじして炎を得るように
コトバが出てこない
煙がただよっても
あたりにほだが見あたらない

（闇牢のファリア神父に
ほだはいらない
古びたシャツの紙
魚の骨がペン先、
煤と恵みのワインで書かれた
巌窟王の物語）

ペン先が紙を突き抜けて
机に刺さるような
コトバが欲しい
木に骨と書いてほだと読む
骨の木では火は灯らない
いまだに暗闇の中

手探りで木の骨を探している

誰かが耳元でささやく
――それは静寂のうちにひっそりとたたずむ――
Power dwells apart in its tranquility

＊最後の英語の一節は、シェリーの詩「モンブラン」の終章から。

エピクロス公園

どんより　雨上がり
ぽつんと
　　つぐみのピーター・パン
見上げる
　　空の斜頸軸

誰が置いたか

真間川の
飾り気なしの
ミロのビーナス

濡れた舗道

とおい記憶　たぐりよせる遠い記憶
　とおくない記憶　遠くない記憶なんてあるのか
これは
道路工事の雨に濡れた導管の配置図ではない
まして　宇宙船の設計図の一部でもない
途方もない　かなたの億万光年のへだたり
それでも　ひとたび
えられた記憶は決して失われることはない。
ちょうどよいときに　凱旋する記憶ではないとしても
キーワードが永久に失われたフライトレコーダー
ナスカの地上絵をご覧よ
あれも
ほんの少し地上に露出した路肩にすぎない

記憶はもっと深いところで永遠に失われない
あらゆる再生装置が失われ
言語の体系が　霧散しても
たとえ、地球、太陽系が破滅したとしても
あらゆる記憶はそのままの姿で生き続ける
生命体が死滅したとしても
ぼく自身がぼやけて、やがて消滅したとしても
　そうした確信なくしてどうして
ぼくの中に生きている
自分の生よりも貴重なものとして思い出せよう
　記憶の母を
ひとたび　得られたそれは決して失われることはない
　という真実
またの名を、持続と瞬間、同期する濡れた舗道！

空にかざして

結んだ筋は
そこから一言も漏れはしない
これほど堅い約束はないのに
聞こえてくる
朽ち果てた言の葉
身をそがれた魚の骨
頭は退化したのか　失ったのか
冷たい風が一吹き通れば
未練がましい思いのように
茶の切れ端　名残の緑
細かい紙片の紙吹雪
もはや　唇の約束さえも忘れて
　腰をかがめて

ひろった男
冬の陽にかざして
見えるのはなに？
唇の奥でつぶやく
生きている　遠い唇

Who dreamed that beauty passes like a dream?

＊最後の英語は、アイルランドの詩人イエイツの詩「世界の薔薇」の冒頭の句から

深い巣穴の眠り

深い巣穴の眠りから醒めて
切なくて
　哀れで
どうして　記憶の跡など辿れよう

ふいに
思い出した
むかしの映画
スタンリー・キューブリックの遺作

EYES WIDE SHUT
EYES WIDE SHUT
見てはならないものを見るな

深い巣穴の眠りから醒めるな

空に貼りついたまま　動かない　野焼きの煙——

虚空を編む　ほか

虚空を編む

高い木の梢にいる。
勇気を奮い起こす
若い自分ではなく
八十に近い私
猿のように木の枝を揺らせて
宙を跳んで飛び移る

見下ろせば、まだ
根元は遥かに下
また、枝の反動を利用して挑む
前の大木へ跳んで
地上へ
するすると降り立った。

得意でたまらない私
誰か見ていて欲しかった
中学帽の小柄な少年を見つける
「見たよな」と私
田舎びた男の子　はきはきせず
かすかにうなずく
——そこで眼が覚めた。
今夜こそ　冬の方位　大三角を確かめたい。

灯《ひ》の星ベテルギウス
輝くシリウス
白銀《しろがね》のプロキオン

＊蛇足ながら、故人の詩友、三隅浩・松下和夫・武田健氏を冬の大三角になぞらえて。

舞い上がる

地響きのする大太鼓
読経する　怒鳴りつけるような声
法華経寺の骨董市で見つけた
浮き立つ　一本の白い羽根
刺されば傷つくほどに根元が鋭く斜めに削られている
鳥の羽根　一本三千円
飛び上がるほどの値段

舶来の鵞ペンを手に取ってみる
「ほんとうに書けるのかしら」　わきから女客
「書いてみなけりゃ、分からないけど
インクがついたら売り物にならない
なんせ白鳥の羽根」

投げやりに言う　無精ひげの店主

書くのではなく　見るもののよう
持ち帰り　しげしげと眺める
ペンのように握ってみる　嗅いでみる
指の爪先の汚れを取る
こんなもので書けるのか　キーボードのほこり鳥
見下すようにパソコンのモニター
パソコンなければ　字も書けない
骨董のトウの字　鵞鳥のが
すいすいと泳ぐように書く　横書きであろう

悪筆の男の好奇心
青い網戸の上段　破れ目に突き刺さったまま
何を望んで　舞い上がったか
レダの白い羽根
……未だ届かない遠来の潮……

はらりと落ちる。

アブストラクトな散歩

テレビをコロナに独占され
川沿いを散歩に出る。
川の名は知らない、橋の名も知らない
川岸のコンクリート棚に
点々と黒い塊がある。
立ち止まって眺めると
首を伸ばした一匹で
亀だと分る、流れに沿って
いるわ、いるわ
気持ち悪いほどいる　甲羅干し
ざっと数えて三〇匹
ケルンみたいに重なっているのもいる
川面をよたよた漂っているのもいる

重い甲羅で溺れないのが
不思議
さらに川沿いに　足を伸ばすと
鴨もいる、せわしなく川面に
嘴でなにか捜している。
それでも、立ち止まって覗くと
敏感に反応して
小憎らしく岸壁から遠ざかる
これも数えれば
いくらもいる、一〇羽はいる
まだいる。
首が青紫虹色に輝いているのもいる
雄だろうか。
川底に沈んだ流木かと思ったら
尾びれが　微かに揺れて
黒い大きな影は
鯉のようだ。

大きさも　形も同じ
流れにさらして　いるわ、いるわ
気持ち悪いほどいる。
一匹ずつ数えれば
三〇匹、まだいるだろう。
ふと語呂合わせかと思う
一羽の鴨
一匹の鯉
一匹の亀
鴨と云ったが、水鳥にも種類があるはず
鷭《ばん》、あるいは鴛鴦《おしどり》かもしれない。
鯉だって、庭の池を逃げ出した
錦鯉かも
上流の流れを流れてやってきた
生粋の鯉かも知れない
一匹の亀、一羽の水鳥、一匹の魚
川の名は知らない

橋の名も知らない
ひっきりなしに行き交う
産廃ダンプやライトバンや乗り合いバス
国道の名も知らない。
川沿いの散歩道
ときどき足を止めて川面を眺めている
この男は何者
澄んでいるとはいえない川を遡って
どこまでやってきたのか
どこにも通りの名は見あたらない
無名の街に
無名のものであふれかえっている。
八一の男は相変わらず
水藻の揺らぐ川底を眺めている
どこまで来たのか
迷っているのかも知れない。
亀のような塊を胸に抱え

鴨の詠嘆の響きはなく
まして鯉は
遠くで尾びれが　微かに揺れている。
しかし、なぜ
流れはいつも一方通行なのか
明日は逆に流れないのか
呼気と吸気が
いつもセットなのに。
亀も水鳥も鯉も
生きとし生けるものは
流れに逆らって生きている
力尽きたものだけが
女の髪のような水草から
しがみつく手を離して
悲鳴もあげずに流れていく
男は知らずにため息をつき
何時までも

川面を見つめている
もうそろそろ
巣穴に引き返す　コロあいかナ
ひろった石を
ぽとんと投げてみる
ピリオドのように。

ひじり絵

都心を中心に迂回循環する環状線の道路工事が始まって、川沿いの道をえぐるように貫通して、閑静な住宅地はあちこちで分断され、街は様相を一変した。散らばっていた小公園は、つぶされたり、歪められたりして、道路工事用の資材の物置と化した所もある。まるで目隠しするように、鉄板やブリキ板や模造の竹矢来で仕切られて、迷路のように張り巡らされた。工事中の道路の向こう側に渡るには、風が吹けば飛ばされるような高さの陸橋を苦労して渡るか、広大な薄暗い土管の中を渋滞する車に追い立てられて通り抜けねばならない。街は分断されたわけだ。

枯れ枝のからまる鉄柵の隙間を覗く気になったのは、ふと古い記憶が甦ったからだ。ここいらに、古い邸宅があって、その庭の外れの奥まったところに見事な紅葉《もみじ》があった。家屋や建物はすべて買収されて解体されたので、残っているはずもなかった。

それが奇跡的に、神輿が旅所へ収るように鎮座していた。陽は沈みかかり、巨大な燠《おき》のように静かに燃えさかっている。樹高は二メートル、幹は二〇センチ程であろうか、かなり離れた目測なので正確とは云えない。その葉の透き通った紅《くれない》は、なにか神秘的な昆虫の薄羽のように、無数に拡がり、絶句するほど誇らしく陽に輝いている。たった一本のこの紅葉に惹き付けられたのは、根元から背筋を糺すように真っ直ぐに伸び、ちょうど火が一挙に燃え上がり均整に枝を広げて、やがて押し留まり静まるように形を整えている。幼い頃、聴いた悲しげな、哀切で朧な旋律が漏れてくるような——。

通りがかりの犬の散歩の老婆に声を掛けずにはいられなかった。少し背伸びするようにして、しばらく覗いて、マスクの奥でつぶやいた。

「なにも見えませんけど」

「少し右の方ですよ。紅葉が見えるでしょう」

同年配と思われる老婆は、目が悪いようには思われない、夕日に反射して見えにくいのかも知れなかった。犬のリードにせかせられ、引きずられるように帰り道を急いだ。

間違いなく目に焼き付くように紅葉はある。それもほぼ正方形の下草だけの、十メートル四方の囲い地の、奥まってはいるが、真ん中に夕日を浴びて美しく紅色に輝いている。

不思議といえば、なぜ、この樹木だけのために四角く区切られた敷地が残されたのか。たしかに庭木には好みがある。まして楓類は、土地を有効使用するには邪魔な場合もあろう。

雨の日が続き、あの散歩道を選んだのは、それから十日も経った夕刻だった。紅葉のことなどすっかり忘れていたのだ。あたりの景観が変わったので、はっとして気づいた。枯れ枝がからまる鉄柵の隔たりは取り払われているが、ここは紅葉があった場所ではないか。

四角い敷地は、樹木が見あたらないだけで下草が繁茂している。紅葉の伐採された跡はいくら捜してもどこにも見あたらない。切り株さえも失われた空き地——。

もしかしたら、別の道を間違えて辿ったのかも知れない。

あれから、葉を散らす季節になったが、未練がましく、ひともとの紅葉を求めて迷路に何度か足を運んだ。せめて犬の散歩の老婆に出会って、紅葉を否定されても良い、話しかけた事実だけはたしかめたかった。

我見ばや　みばやみえばや　色はいろ
　いろめく色は　いろぞいろめく
「一遍聖絵」より

転倒した男

コンビニのところで
髪を乱した老婆に声をかけられた
「旦那さん、お金貸して下さい」
小銭入れにあった千円札を手渡して
「お名前は」と聞かれた
あえて名乗れば、後期高齢者
よぼよぼというほどでない
近くのショッピングモールに
出かけるのが日課
足元はまだしっかりしている
そう自負していた

街の年寄りも　退屈しのぎに
やって来て　歩き回る
疲れるとベンチに足腰を休めている
目がうつろで惚けている
顔見知りもいる
ショッピングモールの広場は　大舞台で
通路が交差して
天まで吹き抜けになっている広いホール
まわりのベンチに掛けている者の他
誰もいない
やけに空っぽのパサージュ

左足先が突っかかるように　つまずいて、
前にひっくり返った
両手を突かずに
前にでんぐり返った
足元を見れば、
つまずくようなゴミ一つない

ただのリノリュームの床
すべりやすく磨かれていたわけでない
何もないところにつまずいて　一回転
手にも頭にも　かすり傷一つなかった
しゃんと着地した姿
われながらほれぼれ
誰かに見ていて欲しかった
さいわい　後遺症はなかった

それがあった
気づくのに三ヶ月
じょじょに現われた症状
「ぼしゃん」
身を乗り出す　橋の欄干
最近、黄色いくちばしの
傘を広げたような黒鳥の群れ
川を跨いだ電線に止まっている

江戸川から下って支流の
真間川ぞいに海へ向かう
ボラの群れを狙って飛び込む
濁った水鏡に映っている
覗き込んだ男の姿
そこだけ白っぽい空が
輪郭となって揺れていた

ショッピングモールの大鏡であらためる
長細い楕円形の水玉に囲まれて
微妙に歪んでいる
足を運べば、それに連れて
変形しながらついてくる
カプセルにくるまれ　ぴょこんぴょこん
半透明な輪郭
生臭い水に包まれて移動する
日常生活に支障があるわけでない

飯を食い　排便して
買い物するときには感じない
伸縮自在なカプセル
息苦しいほどリアルに感じられる
発症したホールのような広がり
事件は
その同じパサージュで起きた

すいとベンチから
小柄な人物が立ち上がった
透明な水玉の中をこっちに向かって
軽やかに　弾むようにやって来る
見事な球形　男のように歪んではいない
このまま来れば
男のカプセルとその可憐な薄い水玉――
よける余裕がなかった
あられもなく　みじめにはじけた

うつろな眼の老婆が男の方へ
手をさしのべた先には千円札――

ぽかんとたたずむ
曖昧に濁った分厚い魚籠の中
鈍色の囚われの男
飛び立つ黒鳥の影

見あげる
吹き抜けのドームの空間
水銀のあぶくのよう
小っちゃなシャボン玉
ひとつ。
虹色に反射し　ふいに消えた――

開かずの扉

交差点の舗道を渡り
二手に分かれる
真間川に臨む小さな階段
小学校寄りの道と
流れを挟んだ向かいの道
別れる地点に立つ
ここが大柏川と真間川の合流点
境川となり遙かに海へ
荷風が〈石造りの堰〉と記した
「葛飾土産」の短章
散歩コースに描かれている。
川幅十メートルに満たない
真間川の小さな流れ

桜並木の美しさは変わらない
この小さな高みで
　ふっとくるめき
小さな排水機場がひっそり
要塞めいた鉄壁の守り
白鷺が上空をゆったりと飛んでいく
冬から春にかけて
たくさんのユリカモメもやってきて
鉄骨の欄干に列を成す
このまま大柏川をさかのぼれば
視野はずっと開ける
大きな貯水池もある
学園の運動場もある
だが、くるめきは見下ろす目前
無人の排水機場の扉
しっかりと施錠されている
煉瓦タイル張りの

キュービックな建物
窓は小さく頑丈な高い鉄柵に囲まれ
コンクリートの庭には
雑草がちらほら
施錠を無視すれば
穴に見えなくもない灰色の扉
白っぽい人影が湧き出るように
浮かび上がってくる。
一人ではない
地下鉄の乗客のように
次々と姿を現わす
登ってくるのか、降りて行くのか
いくら目を凝らしても
見極められない
　くるめき
近づいてくれば、登りのはず
遠ざかっていけば　下り路

どうしても見極められない人影
近づいてくるようでいて遠のいていく
遠のくようで近づいてくる
　くるめきの高みで
ようやく階段を降りて
招かざる客
消えていく
川筋を覆う満開の桜並木
脳裏に明滅する
　冥府の扉

モナドの月

屠殺場に追い立てられる
家畜にふさわしい
通勤の総武線のラッシュアワー
遅延して停まったり走ったりを
繰り返す電車から
一斉にドアがこじ開けられて
線路に飛び降りた乗客が
わんさと駅のホームに辿り着き
手当たり次第に破壊活動
怒りで革命が起きても
不思議ではないくらいで
騒乱を夢想したのは
私だけであったろうか

それは夢の夢で
乗り換えの秋葉原に着けば
汚物のようにはき出され
競うようにして濁流と化して
階段を駆け降り
山手線のホームへと殺到する
揺れる度に、うめき声が漏れる
すし詰めの乗客の頭上の空間から
睥睨する豚の餌にもならない
扇情的な週刊誌の広告が
われ関せずに平然と
垂れ下がっている日常であった

その日、私の視線を捉えたのは
異様に場違いなポスター
記憶の残像に過ぎないが

皿から溢れるばかりの
おびただしい林檎や洋梨、葡萄の実
両手で支え上げられたかのような
杯《カップ》であった
それが
ゴルゴンの首を突きつけられ
一瞬にして石化され
今にもひび割れて砕け散るばかり
緊張に氷結され静止している
遙か空には
霞むような三日月の輪郭が見て取れた

日本で初めて開催された
大規模なルネ・マグリット展の
広告であったはず
あれから半世紀も経ったが
忘れられないインパクトであった

ベルギーのシュルの画家は
丹念に美しい果実画を仕上げたのだ
セザンヌのように静寂の諧調に
ルドンの花のように妖しく絢爛に
あるいは
カラー写真の絵はがきのように
きりりとした輪郭と艶のある色彩に
定着した瞬間

真逆に思考の腐蝕が開始して
当初のデッサンの骨組みへと
瞬時にひび割れが浸透して行ったのだ
一個の石化した林檎に例えれば
右に海から誕生したばかり
　真珠母色の女神の裸体
　左に薄墨色に変身した瓦礫の石像
二つが一つに組み合わされた

死んで生きている果実杯
あの絵の衝撃は
そのドラマを垣間見せた白昼夢

今　追憶している、コロナ禍の私
アラン・ポオの「メエルシュトレイムの渦」
一個の残月が
終始見つめていたドラマであった
死と生　地獄と煉獄　収斂と拡散
変換のドラマの豊穣を観るには
明晰な月の輪郭に
霧のヴェールが必要なのだと。

映画「異端の鳥」と戦後少年

捕らえた小鳥の羽にペンキを塗って放つ。大空で群れをなして舞う仲間の大群に向って小鳥は、健気に矢のように飛んでいく。奪われた数日の自由を取り戻そうと。鳥の大群は余所者の侵入に喧騒の坩堝と化して、入り乱れ、ペンキを塗られた一羽に対して、よってたかって、襲いかかり、「異端の鳥」は攻め立てられ、やがて、つぶてとなって一直線に墜ちていく。宮澤賢治の「よだかの星」の顚末を連想させずにはいない。

狂人めいた鳥飼いの老人が、こうした悲惨な結末を知りながら、面白半分に、サディスティックな欲望を満足させるために放したのだ。もしかしたら、傍らにたたずむ少年の心の痛みも計算済であったのかも知れない。

実際、放浪する戦災孤児の少年のこれからの運命を象徴するために、映画の原題としてペインティッド・バード（色を塗られた鳥）、邦訳題名は「異端の鳥」が選ばれたのである。

ネットで映画「異端の鳥」（二〇一九）を検索すると、次のようにストーリーが紹介されている。ネタバレしないように慎重な、さりげない紹介であろう。

――ホロコーストを逃れて東欧のどこかに疎開した少年。預かり先の老婆が病死し、火事で家が焼失したことで、少年は旅に出ることとなる。行く先々で彼を異物と見なす周囲の人間のひどい仕打ちに遭いながらも、彼は何とか生き延びようと必死にもがき続ける。――

ちなみに、原作の『ペインティッド・バード』（イェジー・コシンスキ著／西成彦訳／松籟社刊）に付されている帯には次のような短い文章がある。

――戦争はこうやって子どもに襲いかかる。第二次大戦下、親元から疎開させられた六歳の男の子が、東欧の僻地をさまよう。ユダヤ人あるいはジプシーと見なされた少年がその身に受け、またその目で見た、苛酷な暴力、非情な虐待、グロテスクな性的倒錯の数々――

＊

映画では、強制収容所へ向う列車から、危険をも顧みず飛びおり脱走を企てるユダヤ人たち、そのほとんどがナチス兵士の機関銃の掃射によって殺され、列車は遠ざかって行く。しばらくすると、群がる人々がいる、彼らを助けようというのではない。犠牲者の衣服やわずかな持ち物を奪うために集まってきた住民たちである。
「東欧」とあるが、寡黙な映画はそれを明らかにしていない。ポーランドでは原作が発禁になったとあるから、ほぼ見当がつこう。

この映画のポスターもすさまじく一度観たら忘れられないインパクトがある。丸刈りにされた十歳ほどの少年が首から上だけを地面から出して体は埋められている。あたりには、気味の悪いカラスが群がっており、少年が弱るのを待って襲おうとしている。

映画は、その一羽が飛びかかり、少年の頭から血が流れ顔を覆う。少年は大声を上げて追い払おうとする。血を見たカラスどもは、なおも執拗に攻撃を繰り返す。慌てて駆けつけてきた老婆に救われる。老婆は怪しげな祈祷師であって、少年を哀れに思って助けたわけでは決してない。放浪の少年は、髪が黒く目の色も黒いので、村人に捕らえられて盗みの嫌疑をかけられ、ユダヤ人と見なされ、悪魔の使いとされ、女祈祷師に売り渡される。穴埋めとカラスによる処刑は、悪魔祓いのための、大まじめな儀式にほかならない。以降、少年はしばらく女祈祷師の助手のような仕事をさせられる。ポスターになったこの場面も又、この作品の象徴となっている。少年は、自分が虐待されながら、まるで傍観者のように、一切の物理的な抵抗を奪われている。救助を求める心の叫びは一切理解されない。やがて少年は言葉を失ったかのように言葉を発しなくなる。

＊

迫害者から逃れる少年は、原野で野宿するためには、誰から教えられるでもなく得た知恵で、持ち手の付いた小さなバケツに火種を入れてさ迷う。暖を取るためと食べ物を焼くためである。おそらく農村で牧童などが常用しているのであろう。原作にも映画にも描かれているが、火種を長持ちさせるバケツの構造は、詳しくは、説明されていない。

じつは、この映画自体が寡黙な作品なのだ。三時間近い長篇だが、カラーではなく、今では珍しいモノクロを効果的に利用している。語られる台詞も字幕も極端に短い。映画のパンフを読むと、スラブ語系の言葉のようだが、いずれの国語か、分らないような言葉が発せられ、スラヴィック・エスペラントという人工言語とのこと。東欧なのは背景から理解できるが、いずれの国が舞台か分らないように作られている。ちなみに原作は英文である。

つまり、観客はすべて短い字幕を読むことになる。台詞を発する俳優も未知の言語なのだ。この面からも、この映画作品の隠された秘密が〈沈黙〉という重い言葉にあると云えそうだ。ほとんど沈黙のための映画と呼んでも差し支えない。

それにしても、奇っ怪な人物が次々と登場するのに驚かされる。司祭から養育費付で少年を得る小児性愛者の男、嫉妬に狂って使用人の眼球をえぐり取る雇い主、森に住み青年たちを誘惑する淫乱の裸女、その女を集団でリンチする女たち、村を襲い強姦と殺戮の限りを尽くす武装したコザックたち、彼らに寄り添う卑屈な村人たち――それらはすべて少年が体験し遭遇した光景である。一貫して執拗に描かれているのは、人間の醜い側面、嫉妬やサディズムや憎悪、そして偏見と虐めである。少年は、彼らを恐れこそしても、彼らの欲望は決して理解できなかっただろう。

映画が描こうとしたのは、戦争とは、陣取りのゲームのような闘いではなく、むしろ人間性そのものの荒廃のことなのだ。住民の病的なサディズムでは決してなく、少年の眼とトラウマを通して、戦争の隠された本質を描くことであろう。

映画後半の時代背景として、第二次大戦の末期、ソ連軍が反攻に転じて、ナチスが敗残して撤退して行く時代であるが、映画は少しも説明を加えない。十歳の放浪少年が理解して観たままの光景を描くのであるから、説明は不要なのだ。彼には時代の変遷も国境もない。

大人になりきらない少年の体験は、ある意味で、言葉を失った沈黙の体験そのものなのだ。人間にとって本能と思われる欲求も、ソ連軍兵士の一人からピストルを与えられ、教えられなかったら、復讐の欲求を少年は知らなかったかも知れない。後半で、少年は自分を理由もなく暴力で虐待した農民をピストルで射殺して、初めて殺人の罪を犯す。

映画にはないが、原作には、少年が鉄道のレールの間に横たわって列車をやり過ごす場面がある。いつしか、彼は恐怖や衝撃を平然と受け流せる胆力のようなものを得る。そのため、仲間である戦災孤児たちの虐めにも耐え、彼らから一目置かれる存在になる。

＊

孤児たちが収容されている施設に、一人のインテリ風の男が少年を訪ねてくる。彼をやっと捜し当てた、少年の父親である。父が話しかけても、言葉を失った少年は、無表情のままで、一切口を利かない。食事が整えられると、それを乱暴に払いのける。心を閉ざしたままの少年を父は故郷に連れ帰る決心をする。

バスの中で、揺られるまま、隣でうつらうつらしている父の横顔を見る。膝の上でむき出しにされた腕を見る。そこには強制収容所に入れられていたことを示す番号の入れ墨が見え隠れしている。少年はバスの熱気で曇ったガラス窓に、指で自分の名をなぞって記す。「ヨスカ」と。これが、この映画「異端の鳥」の結末である。

長かった沈黙が破られ、言葉が発せられたのだ、エクリチュール（記述）となって。

原作とは、いささか異なっているが、映画として原作に少しも劣らない効果的な結末であろう。私たち観客は、体を地面に埋められて頭だけ出して大声で鳥を威嚇するシーンを思い浮かべないであろうか。地面から出た少年の顔こそ、ガラス窓に描かれたヨスカの文字ではないか。

○

ヨスカ、すなわち少年が主語となる固有名詞を獲得するところで映画の物語は終わっている。そして、監督バーツラフ・マルホウル（チェコ人）の映画「異端の鳥」も、原作者イェジー・コシンスキ（亡命ポーランド人）の小説も、その新たに獲得された「ヨスカ」という主語の回想として、おのれの作品を描いたのであって、十歳の少年がそのときどき、そのままを描き書いたのでは決してない。（事実として、コシンスキの個人的体験と彼の小説作品に過ぎない少年の体験は一致しないと云われている。）


少年の生の体験と、映画や小説で追想として表現された作品との間で、少年から失われたものはなにか。それは映画や物語と決して切り離せない、美しい荒野や森の木々の梢、そして苦悩に刻まれた村人の顔の造形と表情、さりげない自然なエロティシズム、そればかりではあるまい。ペインティッド・バード、まことに深い意味を持つ題名ではないだろうか、「異端の鳥」の訳語では表しきれない意義が潜んでいないか。文明の孤独！

「ヨスカ」の物語は、東欧の戦災孤児だけの物語ではないのではないか。少年時代を都会の焼け跡で廃墟と共に過ごした、私たち世代の共通の体験に根ざしているように思われる。当時、下町では、浮浪児とさげすまされた戦災孤児やパンパンと呼ばれた街娼と米兵士を載せたジープを巷に見かけるのが、稀ではなかった。

原作者コシンスキは、一九九一年にアメリカの自宅で自殺している、享年五十八歳。エクリチュール（記述）の普遍的な本質を描くためには、物語に作者は不用であって、自殺は当然の帰結なのかも知れない。最後にどうしても書いてしまいたい、ペインティッド・バードは私だと。（了）

君は承服して、次のことを認むべきである――つまり、構成している部分というものが全くなく、しかも極小性をそなえたものが存在する、ということを。

（ルクレーティウス『物の本質について』岩波文庫／樋口勝彦訳／三八頁）

それゆく日々よ　目次

招かざる客

滅びの頭蓋のなかで

虚空を編む　ほか

高橋　馨（たかはし・かおる）

一九三八年九月、東京・東両国に生まれる。
住所　千葉県市川市北方二―三一―一五
（〒二七二―〇八一五）

詩集
それゆく日々よ

著者………高橋　馨

発行日……2021年9月8日
発行者……池田康
発行………洪水企画
〒254-0914 神奈川県平塚市高村203-12-402
TEL&FAX 0463-79-8158
http://www.kozui.net/
印刷………モリモト印刷株式会社
ISBN978-4-909385-26-0